© 2015, Éditions Auzou
24-32 rue des Amandiers, 75020 PARIS

Direction générale : Gauthier Auzou ; Responsable éditoriale : Maya Saenz-Arnaud
Création graphique : Alice Nominé ; Mise en pages : Mylène Gache
Responsable fabrication : Jean-Christophe Collett ; Fabrication : Abella Lang
Correction : Catherine Rigal

L'île aux dragons

Braise

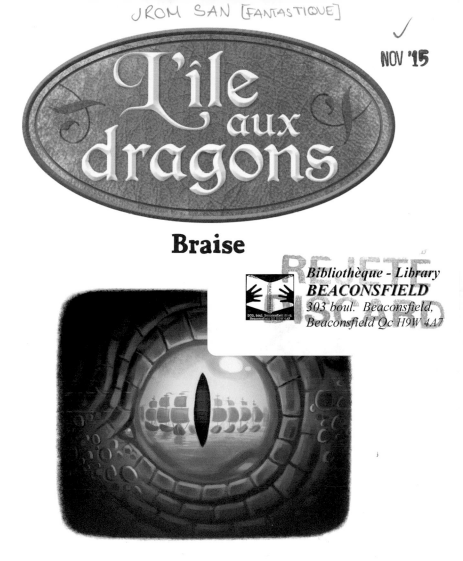

Écrit par Éric Sanvoisin
Illustré par Jérémie Fleury

AUZOU *romans*   **Pas à pas**

Comment tout a commencé...

Pour ne pas perdre la guerre qui les opposait aux hommes, les dragons ont fui le monde d'Organd. Menés par Ervaël, l'enfant-dragon devenu leur roi, ils se sont installés sur une île lointaine, baptisée Braise.

Là, ils ont retrouvé la paix. Repartir de zéro dans un monde nouveau leur a permis de panser leurs plaies.

Cependant, Ervaël n'a toujours pas oublié Léna, la fille du plus puissant des chasseurs de dragons. Quand le garçon a découvert sa véritable nature d'enfant-dragon, elle a tout tenté pour qu'il se fasse prendre. En vain.

Ensuite, quand ils se sont retrouvés tous

les deux en fuite, elle a bien été obligée de l'aider. Ensemble, ils ont trouvé le Grand Livre de la Nuit. Ensemble, ils sont remontés jusqu'à Nocturne, l'homme-dragon, le vrai père d'Ervaël.

Et s'ils ne se sont pas quittés comme de véritables amis, du moins ne se considèrent-ils plus comme des ennemis jurés.

1 Verticale

La falaise qui surplombait la mer était percée de centaines de grottes disposées en étoile. Creusée par les dragons bâtisseurs, elle formait une véritable cité. C'était Verticale, la capitale de Braise.

Ervaël, le jeune roi-dragon, en était très

fier. Depuis que les siens avaient atterri dans l'île, ils n'avaient pas chômé. Si les dragons étaient moins exigeants que les hommes question confort, ils aimaient eux aussi la beauté et les objets raffinés. Et puisqu'ils avaient tout laissé derrière eux, ils devaient tout recréer.

C'était un bonheur de les voir sculpter des statues de pierre à coup de flammes et de griffes. Les dragons avaient retrouvé leur fierté en façonnant Braise à leur image. Verticale constituait leur plus belle réalisation à ce jour.

— Que penses-tu de ça ? demanda Ervaël au petit dragon sans nom qu'il avait adopté quand Drako, le père de Léna, avait tué sa mère.

Depuis ce terrible jour, son protégé avait

grandi. Ervaël s'était personnellement occupé de son éducation et lui avait appris à parler.

— C'est beau. C'est grand.

— C'est à l'échelle des dragons. Je vais te faire une confidence, petit dragon : depuis que nous sommes sur Braise, je suis heureux.

Le dragonneau baissa la tête. Sa mère lui manquait terriblement. Il n'avait pas oublié ce triste jour où elle était tombée du ciel comme une pierre…

— Je sais à qui tu penses, petit dragon. Je le sais et j'ai de la peine moi aussi. Nous ne l'oublierons pas. Mais la vie continue et j'ai quelque chose pour toi…

Le petit dragon redressa la tête, les yeux aussi brillants que des billes de verre.

— Un cadeau ? Tu as un cadeau pour moi ?

Ervaël sourit. Une légère fumée bleue

s'échappait des naseaux du dragonneau, signe chez lui de bonne humeur.

— Je sais que ta mère n'a pas eu le temps de te donner un nom. Alors moi, le nouveau roi-dragon, je vais le faire : Ourana. Voilà ton nom, désormais.

— Ourana ?

— Il m'est venu cette nuit. Je me suis dit qu'il était taillé pour toi. Qu'en penses-tu ?

Le petit dragon se mit à exécuter des cabrioles. Son cadeau était d'autant plus beau qu'il s'agissait d'une surprise.

— Je pense que c'est chouette ! Ourana, c'est chouette !

Il décolla soudain et partit dessiner des ronds joyeux dans le ciel.

Ervaël était soulagé. Sa proposition était adoptée. Faire plaisir aux êtres que l'on ché-

rissait était vraiment une belle et douce chose.

— Attention à l'atterrissage, Ourana ! N'oublie pas que tu as encore du mal à ralentir ta chute !

— N'importe quoi ! Regarde l'artiste !

Ourana redescendit trop vite, rebondit plusieurs fois sur le sable avant de rouler-bouler et de s'immobiliser sur son postérieur.

Ervaël ouvrit la gueule pour se moquer

gentiment de son petit protégé… Pourtant, jamais son rire ne sortit de sa gorge. Ses yeux, braqués vers le large, étaient écarquillés et fixes. La surprise se lisait sur son noble visage de dragon.

La mer était calme mais, au loin, la ligne d'horizon était noire de bateaux…

2 Les hommes, les hommes !

Ervaël avait toujours su que ce jour-là arriverait. Mais pas si tôt ! Oh non, pas si tôt…

Les hommes étaient orgueilleux et rancuniers. Il leur était difficile de pardonner. Ils avaient dû commencer à préparer leur expédition aussitôt après la fuite des dragons.

Le jeune roi-dragon sentit la colère attiser les braises qui grésillaient dans son ventre. Pourtant, il n'était pas complètement surpris. Depuis quelques semaines, un rêve étrange venait le visiter chaque nuit. Un chasseur de dragons débarquait sans un bruit sur l'île, au cœur de la nuit, et le capturait. Impuissant, le roi-dragon l'implorait d'épargner son peuple. Alors, toujours silencieux, le chasseur ouvrait son heaume. Et lorsque apparaissait le visage sévère de Léna, Ervaël se réveillait en sursaut, de la brume plein la tête et le cœur inquiet.

Aujourd'hui, il comprenait la valeur d'avertissement de ce rêve tenace. Il n'en avait pas tenu compte. Il n'avait rien anticipé. Il avait voulu faire de Verticale une belle ville, pas une forteresse. Peut-être avait-il eu tort…

Est-ce que Léna se trouvait sur ces bateaux ?

Il ne tarderait pas à le savoir. Mais, en attendant, il devait organiser la résistance et, si cela était encore possible, éviter la bataille qui s'annonçait. La paix que les dragons avaient trouvée sur Braise était un bien précieux. Ervaël allait tout tenter pour qu'elle dure encore un peu.

Il prit son envol jusqu'à une grotte profonde baptisée « salle des Décisions ». Elle hébergeait le Conseil des dragons. Il ne s'était réuni que trois fois depuis leur arrivée sur Braise, mais jamais encore il n'avait été confronté à un danger aussi grave. Ses trois conseillers l'y attendaient déjà. Parmi eux se trouvait Chaud Bouillant, le plus vieux dragon du monde d'Organd. Il avait combattu les hommes à maintes reprises. C'est au cours de son dernier combat qu'il avait perdu sa patte gauche et son œil droit…

— Mon roi, il faut fuir ! Les hommes ne feront pas de quartier. Ils sont venus terminer ce qu'ils ont commencé il y a bien longtemps…

Ervaël cracha une flamme de dépit.

— Fuir ? Toujours fuir ? Abandonner Braise ? Déserter Verticale ? Non, il n'en est pas question ! Cette île nous appartient. C'est ici que les dragons ont repris leur destin en main. Braise représente un espoir trop grand pour qu'on accepte de la quitter comme des voleurs.

Chaud Bouillant insista :

— Les hommes sont trop nombreux. Trop cruels. Ils vont anéantir les meilleurs d'entre nous.

Cette fois, Ervaël ne répondit pas. Son esprit était un vrai champ de bataille où les idées s'affrontaient. Il aurait aimé réfléchir longtemps pour prendre la meilleure décision possible, mais le temps lui manquait.

Les deux autres conseillers s'empressèrent de désapprouver Chaud Bouillant. Ils étaient plus jeunes que lui, moins expérimentés, plus sanguins. Le premier se nommait Incendie, le second Brasier. Ils offraient une particularité qui sautait aux yeux : ils étaient jumeaux.

— Chaud Bouillant n'a plus qu'une patte…, commença le premier.

— … et la moitié de son cerveau ! termina le second.

Le vieux dragon demeura calme, mais son œil valide était zébré de reflets noirs.

— Il faut au contraire attaquer…

— … et brûler cette flotte de fond en comble !

— Les bateaux sont en bois, c'est bien connu…

— … et les hommes sont de mauvais nageurs…

Ce que l'un commençait, l'autre le terminait.

Ervaël les écouta jusqu'au bout défendre le camp de la guerre. Ils étaient fougueux et n'avaient pas complètement tort. Se battre ? Tuer ? Mourir ? Pourquoi pas…

— Nous ne sommes qu'une poignée, leur

répondit-il. Les petits commencent seulement à naître… Se sacrifier pour l'honneur des dragons est une chose, protéger son peuple en est une autre. Nous ne fuirons pas, Chaud Bouillant. Pas maintenant, pas si vite. Et nous ne nous battrons pas, Incendie et Brasier. Pas comme ça, sans réfléchir.

— Quelle est votre idée ? lui demanda alors le vieux dragon.

— Je vais me rendre au-devant des hommes et parlementer. Après tout, nous ne savons pas encore ce qu'ils veulent. Ensuite, je reviendrai et nous nous réunirons à nouveau.

— Vous voulez gagner du temps ?

Ervaël acquiesça.

— La précipitation est mauvaise conseillère.

Incendie et Brasier protestèrent.

— Discuter avec les hommes est au

contraire une perte de temps…

— … et ce ne sont pas des mots qu'il leur faut, mais des flammes et des crocs !

Le roi-dragon leva une patte griffue pour les faire taire.

— Ma décision est prise. Je vais me préparer…

3 Izilde

Ervaël repassa par ses appartements. Il n'était pas tranquille. Les hommes l'écouteraient-ils ?

Sa chambre aux murs de pierre était presque vide. Il n'y avait pas de trône, pas de vaisselle d'argent, par de miroir doré…

Juste une litière, faite d'herbes séchées et de quelques fleurs aplaties. Et une malle contenant ses effets personnels du temps où il ne quittait jamais son apparence humaine. Car il n'avait pas découvert tout de suite qu'il était l'enfant-dragon. Tout était arrivé à cause de Léna…

Parmi tous les souvenirs de son enfance, il choisit une pièce de tissu blanc et la déchira sur toute sa longueur. Près de l'entrée, la bannière des dragons flottait au vent, au bout d'une forte branche de châtaignier. Il la transforma en drapeau blanc. Les hommes devaient savoir qu'il venait en paix. S'ils l'attaquaient malgré tout, alors leurs intentions seraient claires et l'avenir des dragons ne tiendrait plus qu'à un fil. Mais il préférait ne pas y penser et garder espoir.

Ervaël ne portait pas de couronne. La

seule marque de son pouvoir se résumait à l'anneau du roi des dragons qui ornait l'un de ses doigts griffus. Nocturne, son père, le lui avait remis la seule fois où ils s'étaient rencontrés dans le monde d'Organd. Le bijou, trop grand pour lui, avait pris les dimensions exactes de son doigt d'enfant. C'était difficile à croire mais il l'avait vu de ses yeux. Ainsi, qu'il soit dragon ou bien garçon, l'anneau ne le quittait jamais. Ervaël y tenait comme à la prunelle de ses yeux. Il le contempla un instant, pour se donner du courage, avant de prendre son envol.

— Ervaël ! Attends !

Une dragonne fit irruption dans sa chambre. Elle était ravissante et légèrement plus âgée que lui. Sa belle couleur vert d'eau soulignait la finesse de ses courbes. Dans ses

yeux brûlait un feu permanent qui s'intensi-
fiait quand elle regardait le jeune roi-dragon.

— Chaud Bouillant m'a tout raconté !
Renonce ! Ne va pas au-devant des hommes !
Ils vont te faire du mal…

Ervaël soupira. Il aurait préféré éviter
cette éprouvante discussion. La nouvelle
venue était aussi belle que têtue.

— Je fais ce qui doit être fait, Izilde.

Un roi pense d'abord à ses sujets avant de songer à lui-même. C'est comme ça que je vois les choses.

— Mais si tu ne reviens pas ? S'il t'arrive malheur ? Que deviendront tes sujets ? Et que vais-je devenir, moi ?

Ervaël soupira une nouvelle fois. La situation était embarrassante. Izilde avait décidé qu'elle serait sa reine. Mais lui se trouvait encore trop jeune et puis… il n'était pas sûr de l'aimer.

— Je reviendrai. Quand les hommes m'auront dit ce qu'ils veulent, je pourrai alors prendre la meilleure décision. Peut-être, après tout, qu'ils ne sont pas là pour nous…

Izilde essaya de lui sauter au cou. Il recula.

— Envoie quelqu'un d'autre à ta place. Tu n'as pas besoin d'y aller en personne.

— Si, justement. De tous mes sujets, je suis celui qui connaît le mieux les hommes. Oublierais-tu que j'ai été l'un d'eux et que je le suis toujours ?

— Je ne l'oublie pas. Tu n'es pas un dragon ordinaire. C'est sans doute pour cette raison que je t'aime aussi fort. J'ai peur pour toi, tu comprends ?

Ervaël ne répondit pas. Il attrapa fermement son drapeau blanc avec ses doigts griffus, déploya ses ailes et s'envola. Izilde, résignée, le regarda s'éloigner. Avant qu'il ne devienne un point noir dans le ciel, elle chuchota :

— Ervaël ! Ervaël ! Je t'aime !

4   Je viens en paix

Le roi-dragon prit la direction de la flotte des hommes. Les bateaux s'étaient encore approchés de Braise. Ils étaient vraiment impressionnants. Plus de la moitié présentaient des drapeaux jaunes au sommet de leur mât. Les autres voguaient avec des drapeaux rouges. Ervaël nota cette différence de couleur sans la comprendre.

Il ne put s'empêcher de songer à son départ précipité. Il ne s'était pas montré très gentil avec Izilde et le regrettait un peu. Mais il était de mauvaise humeur. Il avait préféré partir comme un voleur pour ne pas lui montrer sa peur et ses doutes. Il craignait par-dessus tout de ne pas être un bon roi. Comment aurait réagi Nocturne s'il avait été encore là ? C'est dans ces situations-là qu'il se rendait compte à quel point son père lui manquait…

Il sentit soudain une présence derrière lui. Il sursauta et tourna vivement la tête. Le petit dragon l'avait suivi !

— Ourana ! Que fais-tu là ?

— Je vais me promener avec toi !

Ervaël sentit les flammes de la colère lui

chatouiller les narines. Pourquoi fallait-il que tout le monde lui complique la vie ?

— Retourne sur l'île immédiatement !

Ourana prit un air chagrin.

— Mais pourquoi ? D'habitude, tu me laisses voler avec toi.

— Tu vois les bateaux au loin ?

— Bien sûr que je les vois. Il y en a beaucoup…

— Ils sont remplis d'hommes en armes. Tu te souviens des hommes ? Tu te rappelles ce qu'ils ont fait à ta mère ? Eh bien, ils s'apprêtent à recommencer avec nous. Alors va te mettre à l'abri et laisse-moi tranquille !

Le petit dragon s'immobilisa dans le ciel. Ses yeux s'emplirent de larmes et il se mit à renifler. Puis, sans prévenir, il repartit en sens inverse. Jamais il n'avait volé si vite.

Ervaël le regarda à peine et se concentra de nouveau sur sa mission. Son drapeau blanc flottait dans le vent avec des claquements secs. Il n'était plus lui-même. La présence des hommes le rendait nerveux.

Voilà, songea-t-il, *tout le monde me déteste maintenant !* Il eut envie de faire demi-tour mais y renonça. Il se sentait seul, horriblement seul.

Les bateaux n'étaient plus très loin. Ervaël accéléra l'allure. Il voulait en finir une bonne fois pour toutes…

Au fond, ils avaient tous raison. Sa tentative pour parlementer était perdue d'avance. Les hommes n'allaient pas l'accueillir avec le sourire. Mais il était trop tard pour reculer. Il devait aller jusqu'au bout.

Repérer le bateau amiral ne fut pas difficile.

Il venait en tête, légèrement plus grand que les autres. Sur son pavillon rouge sang, on pouvait voir un dragon barré au-dessus de deux os : l'emblème des chasseurs de dragons…

Le roi-dragon leva bien haut son drapeau blanc et commença sa descente. Les marins observèrent son approche sans paniquer. Ils tenaient tous une arbalète chargée, levée dans sa direction. Au moindre signe de flammes, les carreaux jailliraient pour le transpercer.

Ervaël vint se poser sur la proue du navire qui était ornée d'une énorme tête de requin sculptée.

— Je viens en paix. Où est votre chef ?

— Qu'est-ce que vous lui voulez ?

— J'ai deux mots à lui dire.

Il y eut d'abord un silence qui n'annonçait rien de bon. Puis une certaine agitation traversa l'équipage du bateau.

— Écartez-vous, bande de larves !

Des marins reculèrent, d'autres exécutèrent un pas sur le côté. Une allée se dessina bientôt au bout de laquelle apparut un véritable géant : il portait des vêtements multicolores et un large chapeau noir. Il n'avait qu'un œil valide, le second étant dissimulé sous un triangle de cuir rouge. À sa ceinture pendait un immense sabre de couleur or dont la poignée était incrustée de pierres précieuses.

— Je suis le capitaine de cette flotte, moussaillon dragon ! On me surnomme le Borgne rouge. Pourquoi écourtes-tu mon repas ? Veux-tu me mettre de mauvaise humeur ?

Malgré lui, Ervaël était impressionné par cette montagne d'homme. Heureusement qu'ils n'étaient pas tous comme lui !

— Vous êtes entrés dans le territoire des dragons avec des bateaux et des soldats. Quelles sont vos intentions ?

Le géant continua d'avancer. Chacun de ses pas faisait trembler le pont.

— C'est donc ça qui t'inquiète ? Personnellement, je n'ai rien contre les cracheurs de feu. Mais il faut que je t'avoue une chose : cette expédition a été financée par les chasseurs de dragons... Les hommes ont peur que vous retrouviez votre puissance d'antan et que vous reveniez dans le monde d'Organd pour vous venger de vos misères passées.

Ervaël s'attendait à une telle réponse. La bêtise des hommes était légendaire…

— Les hommes devraient s'occuper de leurs propres affaires ! Ils ont toujours eu peur de nous, et souvent sans raison. Autrefois, ils étaient jaloux de nos richesses et de notre or. Alors ils les ont pris. Nous n'avons plus rien, aujourd'hui, mais nous ne voulons pas la guerre. C'est pour panser nos plaies que nous sommes venus ici, loin de vous, loin de tout. Nous avons beaucoup souffert. Notre trésor, désormais, c'est la paix.

L'homme-montagne ricana.

— Je suis un pirate. Tout le monde sait que les dragons n'aiment pas la mer, qu'ils ne savent pas nager et que l'eau éteint le feu intérieur qui gronde en eux. Vous n'êtes donc pas mes ennemis. Que proposes-tu ?

Le Borgne rouge n'était pas un imbécile. Mais pouvait-il lui faire confiance ? Ervaël décida d'essayer…

— Évitons cette bataille. La mer est bleue, ne la rendons pas rouge. Des dragons mourront, mais des hommes aussi : par centaines, par milliers… Signons ensemble un traité.

— Mais encore ?

— Un traité dans lequel les dragons s'engagent à rester sur Braise et à ne jamais retourner dans le monde d'Organd.

— C'est tout ?

— C'est beaucoup. Je suis le roi-dragon. Ma signature engagera tous les dragons.

Le pirate caressa pensivement sa barbe.

Il pesait le pour et le contre. Qu'avait-il à gagner ? Qu'avait-il à perdre ?

— Je n'ai pas peur de la mort, roi-dragon. Mais le sort de mes bateaux m'importe plus que celui des hommes. Je vais réfléchir à ta proposition et en parler avec les chasseurs de dragons…

Ervaël essaya de chatouiller l'orgueil du pirate pour le faire basculer de son côté.

— N'es-tu pas le chef de cette expédition ? N'est-ce pas toi qui décides de son sort ?

— Chez les hommes, rien n'est simple. Tu es bien placé pour le savoir. N'étais-tu pas l'enfant-dragon, autrefois ?

— Oui, je l'étais…

— Alors tu sais que chez nous, il n'y a qu'une loi : celle du plus fort. Un jour, tu es le chef. Le lendemain, tu n'es plus rien.

Je défendrai ton traité, mais je ne suis qu'un pirate… Je ne suis pas un roi.

Ervaël hocha la tête pour montrer qu'il avait compris. Il ne pouvait rien faire de plus.

— Préviens-moi quand tu auras la réponse.

— Je n'y manquerai pas. À mon humble avis, elle ne tardera pas…

Le roi-dragon replia son drapeau blanc et prit son envol. Ceux qui l'avaient accusé de prendre des risques inutiles s'étaient trompés, finalement…

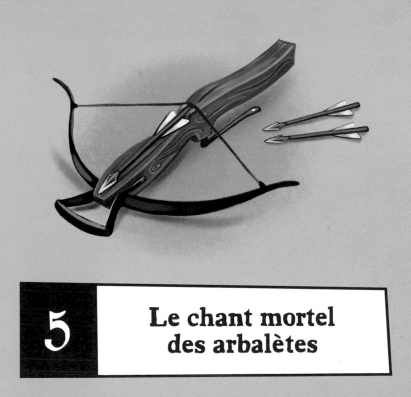

5 Le chant mortel des arbalètes

Ervaël était confiant. Il allait peut-être réussir l'impossible et éviter la guerre. Le pirate qui se faisait appeler le Borgne rouge était un homme intelligent. Il avait tout intérêt à défendre son traité.

Le roi-dragon prit un peu d'altitude et

survola les bateaux pour les compter. Il y en avait cent tout rond. C'était une armée vraiment impressionnante.

Sur l'un des vaisseaux, il crut apercevoir une silhouette familière. Elle lui rappelait… Léna ! Était-il possible qu'elle soit ici parmi ces hommes belliqueux ? Mais pourquoi ? Ervaël sentit d'anciens souvenirs se bousculer dans sa tête. Il n'avait oublié ni son visage, ni son caractère de vipère. Il sourit malgré lui et comprit, à sa grande surprise, qu'il avait envie de la revoir. Ils avaient vécu trop de choses ensemble pour se détester.

Au moment où, troublé, il mit le cap sur Braise pour réunir les membres du Conseil dans la salle des Décisions et leur raconter ce qui s'était passé, il se sentit tout à coup en grand danger. Il n'eut pas besoin de tourner la tête pour deviner qu'une volée de carreaux venait d'être tirée contre lui et filait à grande vitesse pour l'abattre en plein vol. Il l'évita en se roulant en boule et en se laissant brusquement tomber comme une pierre. Puis il déploya ses ailes pour freiner sa chute et stabiliser sa position.

Hélas, les arbalètes ne cessèrent pas de chanter pour autant. De chacun des bateaux les plus proches partirent de nouvelles nuées dont les têtes acérées sifflaient dans l'air bleu. Ervaël comprit très vite qu'une grande partie d'entre elles allait l'atteindre et, probablement, lui infliger des blessures mortelles. Il se sentit fragile. Il constituait pour les tireurs une cible bien trop visible.

Qu'il s'était montré naïf ! Le Borgne rouge avait endormi sa méfiance pour mieux le trahir. Qu'il soit maudit !

Ervaël étouffa la colère qui commençait à gronder en lui. Comme il aurait été tentant, avant de mourir, de fondre sur l'ennemi afin de brûler un maximum de bateaux ! Un ! Puis cinq ! Puis dix ! Mais il se reprit et abandonna l'idée de se lancer dans une attaque désespérée. Son peuple avait trop besoin de lui.

Son sacrifice ne lui rendrait pas service.

Il fit alors la seule chose possible en pareille circonstance, même si elle lui déplaisait grandement : il se transforma en garçon et plongea dans l'eau glacée. Les dragons ne pouvaient survivre plus de quelques minutes dans un environnement liquide. En premier lieu, leur feu intérieur s'éteignait. Puis, épuisés par leur lutte pour rester à la surface, ils finissaient par se noyer. Sous sa forme humaine, Ervaël avait de meilleures chances de survie.

La froideur de l'eau le saisit. Il manqua de s'évanouir. Emporté par son élan, il fila vers le fond. Tout tourbillonnait autour de lui : les bulles, l'eau, les poissons… Puis il se raidit. Ses bras et ses jambes entrèrent enfin en action. Il s'éloigna peu à peu du danger, ne remontant à la surface que pour reprendre un peu d'air.

Un bateau, plus léger et rapide que les autres, le prit en chasse. Des tireurs se massèrent à la proue du navire et visèrent sa fragile silhouette. Ervaël avait beau nager vite, le navire se rapprochait de plus en plus. Les carreaux le frôlaient dangereusement.

Ervaël changea soudain de direction. Le bateau continua sur sa lancée et perdit momentanément sa trace. Mais pas très longtemps. Le fugitif recommença plusieurs fois la manœuvre mais le capitaine, qui avait compris ses intentions, réagissait au quart de tour.

Le roi-dragon commençait à fatiguer. La houle le bousculait et le ralentissait. Ses mouvements étaient moins souples, sa nage moins efficace. Il comprit une chose terrible : son poursuivant n'allait pas le lâcher tant qu'il ne lui aurait pas brisé les os.

Il sentit le bateau se rapprocher, dans le but de lui passer sur le corps. Le tranchant de la coque allait le percuter et le disloquer. Il fit un ultime effort pour reprendre quelques longueurs d'avance puis, brusquement, s'enfonça vers les grands fonds. Le navire passa au-dessus de lui dans un bruit de tonnerre. Une clameur envahit bientôt tout le pont : les marins croyaient en avoir terminé avec lui. Agrippés au bastingage, ils cherchaient tous des yeux sa dépouille mortelle…

C'est le moment que choisit Ervaël pour remonter à la surface tel un boulet de canon. Il se propulsa hors de l'eau et, suspendu à trois mètres de hauteur, se transforma aussitôt en dragon. Les hommes se mirent à hurler et à fuir de bâbord à tribord. Le roi-dragon, si proche, était impressionnant au point de leur faire perdre tout courage. Le reste de la flotte était loin. Un seul navire ne constituait plus pour lui une réelle menace.

Il cracha une longue flamme jaunâtre qui embrasa les voiles. À bord, une cloche se mit à sonner pour signaler l'incendie. Les marins se ruèrent à leur poste pour combattre le feu.

La voix du dragon claqua juste au-dessus d'eux. Elle couvrait les cris. Elle masquait le bruit du tissu qui brûlait et des pièces de bois qui gémissaient. Elle était puissante comme un grondement de tonnerre.

— Dites au Borgne rouge que le roi-dragon le remercie de lui avoir ouvert les yeux ! Dites-lui aussi que les dragons sont plus forts que jamais et qu'ils sont prêts à vous anéantir si vous ne rentrez pas chez vous ! Dites-lui enfin que si vous vous obstinez à nous vouloir du mal, Braise sera votre tombeau !

Sans un regard de plus, le roi-dragon repartit vers son île.

6 Tu seras un grand roi...

Quand Ervaël se posa sur le rivage de Braise, il sentit une grande fatigue l'envahir. Pendant toute la durée de la mission qu'il s'était fixée auprès des hommes, sa vie n'avait tenu qu'à un fil. Et, malgré tous ses efforts, il n'avait pu éviter la guerre.

Ourana fut le premier à saluer son retour. Il le guettait au bout de la plage, là où les vagues s'échouaient sur ses petites pattes griffues.

— Ervaël ! Tu es là ! Je le savais ! C'est toi le plus fort ! C'est toi le plus grand !

Ervaël se posa avec la légèreté d'un oiseau et sourit tendrement devant l'innocence du petit dragon. Ce dernier avait déjà subi la cruauté des hommes mais n'avait encore jamais eu à la combattre. Les choses allaient changer. Pauvre Ourana. Il ne méritait pas ça.

Dès qu'elle le vit, Izilde se précipita vers lui.

— Je suis heureuse que tu sois revenu. J'ai eu peur pour toi.

Ils s'étreignirent comme si leur séparation remontait à des années.

— Moi aussi, j'ai eu peur. Peur de ne pas

revenir et de ne pas te revoir.

Ils se séparèrent à regret. La dragonne tremblait de tous ses membres. Elle le regarda s'envoler vers la salle des Décisions où l'attendaient les trois représentants du Conseil. Avant même que ces derniers le questionnent, il leur raconta l'échec de sa mission.

Chaud Bouillant, impassible et l'œil fixe, prit la parole le premier.

— Tu as tout fait pour empêcher la guerre. Je suis fier de toi.

Ervaël baissa piteusement la tête.

— J'ai échoué.

— La tâche était immense. Tu as tenté l'impossible et tu as failli réussir. Moi, je dis que tu seras un grand roi.

Ervaël en doutait. Sous sa carapace aux écailles d'acier, il se sentait bien trop tendre.

— Les hommes sont des ânes ! cracha Incendie.

— Une bonne bataille leur ouvrira les yeux ! conclut Brasier.

Le roi-dragon continuait de penser que la guerre n'était pas une solution. Comment l'éviter ? Ce n'était plus possible, désormais.

— Vous avez raison, Incendie et Brasier. Les hommes sont venus avec l'intention d'en finir avec nous. Je ne suis pas d'accord. Alors préparez-vous ! Ils vont avoir la guerre qu'ils méritent !

Les jumeaux accueillirent les paroles de leur roi avec un sourire carnassier. L'heure de la vengeance avait enfin sonné.

— Mort aux hommes !

— Tuons-les tous !

Chaud Bouillant ne manifesta aucune

joie mais se prépara lui aussi au combat. Des heures sombres attendaient les dragons. Car s'ils étaient puissants, ils n'étaient en revanche pas très nombreux…

Dans le ciel, le soleil allait se coucher. À chaque fois, l'illusion était presque parfaite. L'astre semblait peu à peu entrer dans l'eau, du bas jusqu'en haut, comme si la mer l'avalait…

La flotte des hommes était maintenant à portée de flammes. Elle s'était déployée sur l'immensité liquide. Les bateaux s'étaient éloignés les uns des autres sur une même ligne courbe qui s'était refermée sur l'île comme un bracelet d'acier.

Braise était encerclée.

À suivre...

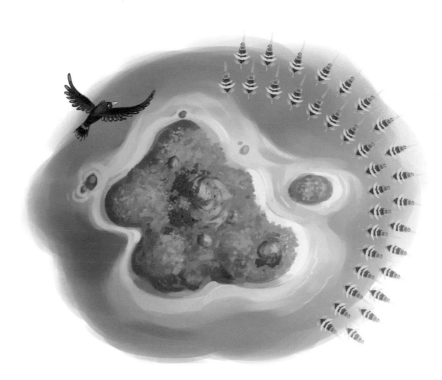

L'avenir de l'île aux dragons est entre ses mains !
Découvre la suite dans

Le Borgne rouge

La **guerre** est désormais inévitable...
Hommes et dragons se préparent. Les uns sont nombreux, les autres possèdent le **feu**. Pourtant, c'est à un **passé tumultueux** qu'Ervaël devra se confronter...

L'histoire d'Ervaël commence ici...

1- La première flamme

2- Le Grand Livre de la Nuit

3- Le fils de l'eau et du feu

Table des matières